我有意見

文·圖　吉竹伸介

譯　張桂娥

我現在非常生氣！

為什麼呢？
因為我覺得大人好奸詐喔！

我要去抗議，
請他們不要這麼奸詐。

什麼？什麼？
怎麼啦？

我覺得
大人很奸詐耶！

是喔，
比如說？

有很多
很多呀！
像是……

為什麼大人可以
很晚都還不睡覺，
小孩就要七早八早被趕上床？

人家根本就
不睏嘛！

啊……

那個啊……

現在……
沒辦法大聲
跟你說哩……

其ㄑ實ㄕ呢ㄋㄜ，為ㄨㄟ了ㄌㄜ迎ㄧㄥ接ㄐㄧㄝ下ㄒㄧㄚ一ㄧ次ㄘ的ㄉㄜ聖ㄕㄥ誕ㄉㄢ節ㄐㄧㄝ，
聖ㄕㄥ誕ㄉㄢ老ㄌㄠ公ㄍㄨㄥ公ㄍㄨㄥ拜ㄅㄞ託ㄊㄨㄛ調ㄉㄧㄠ查ㄔㄚ員ㄩㄢ偷ㄊㄡ偷ㄊㄡ來ㄌㄞ家ㄐㄧㄚ裡ㄌㄧ問ㄨㄣ：
「這ㄓㄜ家ㄐㄧㄚ小ㄒㄧㄠ朋ㄆㄥ友ㄧㄡ是ㄕ不ㄅㄨ是ㄕ早ㄗㄠ早ㄗㄠ上ㄕㄤ床ㄔㄨㄤ的ㄉㄜ乖ㄍㄨㄞ寶ㄅㄠ寶ㄅㄠ？」
而ㄦ且ㄑㄧㄝ還ㄏㄞ不ㄅㄨ只ㄓ問ㄨㄣ一ㄧ次ㄘ，要ㄧㄠ連ㄌㄧㄢ續ㄒㄩ來ㄌㄞ好ㄏㄠ多ㄉㄨㄛ次ㄘ呢ㄋㄜ！

妹ㄇㄟ妹ㄇㄟ
早ㄗㄠ就ㄐㄧㄡ睡ㄕㄨㄟ著ㄓㄠ囉ㄌㄨㄛ！

……

……真的嗎？

嗯。

這是祕密喔！

真的是
這樣嗎……

哎呀，

爸爸
上一下
廁所。

為ㄨㄟˋ什ㄕㄣˊ麼ㄇㄜ˙大ㄉㄚˋ人ㄖㄣˊ不ㄅㄨˋ問ㄨㄣˋ我ㄨㄛˇ們ㄇㄣˊ，
就ㄐㄧㄡˋ決ㄐㄩㄝˊ定ㄉㄧㄥˋ洗ㄒㄧˇ澡ㄗㄠˇ的ㄉㄜ˙時ㄕˊ間ㄐㄧㄢ？

快ㄎㄨㄞˋ·去ㄑㄩ·洗ㄒㄧ·澡ㄗㄠˇ！

啊ㄚ……
那ㄋㄚˋ是ㄕˋ
因ㄧㄣ為ㄨㄟˋ……

不ㄅㄨˋ趕ㄍㄢˇ快ㄎㄨㄞˋ洗ㄒㄧˇ的ㄉㄜ˙話ㄏㄨㄚˋ，
那ㄋㄚˋ一ㄧˋ群ㄑㄩㄣˊ壞ㄏㄨㄞˋ傢ㄐㄧㄚ伙ㄏㄨㄛˇ，
就ㄐㄧㄡˋ會ㄏㄨㄟˋ闖ㄔㄨㄤˇ進ㄐㄧㄣˋ來ㄌㄞˊ哩ㄌㄧ。

 要是比那群神祕生物
「頑皮泡澡怪」，
晚一步進浴室
泡澡的話啊，

熱水
就會統統不見，
沒辦法泡澡喔！

喔て……

這樣啊！

就是這樣。

那， 為什麼爸爸每次生氣都會馬上說：
「隨你啦！ 你愛怎樣就怎樣！」

可是，人家如果
真的愛怎樣
就怎樣，
你還不是
會生氣……

那ㄋㄚˋ是ㄕˋ因ㄧㄣ為ㄨㄟˋ——
爸ㄅㄚˋ爸ㄅㄚˋ有ㄧㄡˇ點ㄉㄧㄢˇ想ㄒㄧㄤˇ看ㄎㄢˋ你ㄋㄧˇ會ㄏㄨㄟˋ隨ㄙㄨㄟˊ意ㄧˋ做ㄗㄨㄛˋ什ㄕㄣˊ麼ㄇㄜˊ啊ㄚ！

隨ㄙㄨㄟˊ意ㄧˋ坐ㄗㄨㄛˋ在ㄗㄞˋ
大ㄉㄚˋ象ㄒㄧㄤˋ上ㄕㄤˋ面ㄇㄧㄢˋ。

隨ㄙㄨㄟˊ意ㄧˋ在ㄗㄞˋ
空ㄎㄨㄥ中ㄓㄨㄥ飛ㄈㄟ翔ㄒㄧㄤˊ。

隨ㄙㄨㄟˊ意ㄧˋ的ㄉㄜ
蓋ㄍㄞˋ一ㄧ座ㄗㄨㄛˋ城ㄔㄥˊ堡ㄅㄠˇ。

那ㄋㄚˋ……
為ㄨㄟˋ什ㄕㄣˊ麼ㄇㄜ˙明ㄇㄧㄥˊ明ㄇㄧㄥˊ是ㄕˋ
弟ㄉㄧˋ弟ㄉㄧˋ不ㄅㄨˋ乖ㄍㄨㄞ，
挨ㄞˊ罵ㄇㄚˋ的ㄉㄜ˙
卻ㄑㄩㄝˋ都ㄉㄡ是ㄕˋ我ㄨㄛˇ呢ㄋㄜ˙？

 那ㄋㄚˋ是ㄕˋ因ㄧㄣ為ㄨㄟˋ——
「心ㄒㄧㄣ甘ㄍㄢ情ㄑㄧㄥˊ願ㄩㄢˋ
代ㄉㄞˋ替ㄊㄧˋ弟ㄉㄧˋ弟ㄉㄧˋ挨ㄞˊ罵ㄇㄚˋ的ㄉㄜ˙
善ㄕㄢˋ良ㄌㄧㄤˊ小ㄒㄧㄠˇ姊ㄐㄧㄝˇ姊ㄐㄧㄝˇ」
很ㄏㄣˇ受ㄕㄡˋ王ㄨㄤˊ子ㄗˇ們ㄇㄣ˙的ㄉㄜ˙
歡ㄏㄨㄢ迎ㄧㄥˊ喔ㄛ！

那ㄋㄚˋ位ㄨㄟˋ小ㄒㄧㄠˇ女ㄋㄩˇ孩ㄏㄞˊ
太ㄊㄞˋ棒ㄅㄤˋ了ㄌㄜ˙！

下ㄒㄧㄚˋ次ㄘˋ邀ㄧㄠ請ㄑㄧㄥˇ她ㄊㄚ
到ㄉㄠˋ我ㄨㄛˇ們ㄇㄣ˙的ㄉㄜ˙
城ㄔㄥˊ堡ㄅㄠˇ玩ㄨㄢˊ！

那ㄋㄚˋ……
為ㄨㄟˋ什ㄕㄣˊ麼ㄇㄜ我ㄨㄛˇ一ㄧˊ定ㄉㄧㄥˋ要ㄧㄠˋ吃ㄔ豌ㄨㄢ豆ㄉㄡˋ仁ㄖㄣˊ呢ㄋㄜ˙？
爸ㄅㄚˋ爸ㄅㄚ˙自ㄗˋ己ㄐㄧˇ還ㄏㄞˊ不ㄅㄨˊ是ㄕˋ不ㄅㄨˋ敢ㄍㄢˇ吃ㄔ酸ㄙㄨㄢ梅ㄇㄟˊ乾ㄍㄢ。

那ㄋㄚˋ是ㄕˋ因ㄧㄣ為ㄨㄟˋ木ㄇㄨˋ星ㄒㄧㄥ的ㄉㄜ˙食ㄕˊ物ㄨˋ，
好ㄏㄠˇ像ㄒㄧㄤˋ幾ㄐㄧ乎ㄏㄨ都ㄉㄡ是ㄕˋ豌ㄨㄢ豆ㄉㄡˋ仁ㄖㄣˊ之ㄓ類ㄌㄟˋ的ㄉㄜ˙，
爸ㄅㄚˋ爸ㄅㄚ˙覺ㄐㄩㄝˊ得ㄉㄜ˙提ㄊㄧˊ早ㄗㄠˇ練ㄌㄧㄢˋ習ㄒㄧˊ一ㄧ下ㄒㄧㄚˋ比ㄅㄧˇ較ㄐㄧㄠˋ好ㄏㄠˇ！

你ㄋㄧˇ不ㄅㄨˊ是ㄕˋ想ㄒㄧㄤˇ要ㄧㄠˋ去ㄑㄩˋ
太ㄊㄞˋ空ㄎㄨㄥ旅ㄌㄩˇ行ㄒㄧㄥˊ嗎ㄇㄚ˙？

為ㄨㄟˊ什ㄕㄣˊ麼ㄇㄜ˙小ㄒㄧㄠˇ孩ㄏㄞˊ子ㄗˇ睡ㄕㄨㄟˋ覺ㄐㄧㄠˋ前ㄑㄧㄢˊ
不ㄅㄨˋ可ㄎㄜˇ以ㄧˇ吃ㄔ餅ㄅㄧㄥˇ乾ㄍㄢ零ㄌㄧㄥˊ食ㄕˊ呢ㄋㄜ˙？

 那ㄋㄚˋ是ㄕˋ因ㄧㄣ為ㄨㄟˋ睡ㄕㄨㄟˋ著ㄓㄠˊ之ㄓ後ㄏㄡˋ，夢ㄇㄥˋ裡ㄌㄧˇ出ㄔㄨ現ㄒㄧㄢˋ的ㄉㄜ˙
餅ㄅㄧㄥˇ乾ㄍㄢ零ㄌㄧㄥˊ食ㄕˊ，好ㄏㄠˇ像ㄒㄧㄤˋ會ㄏㄨㄟˋ變ㄅㄧㄢˋ得ㄉㄜ˙更ㄍㄥˋ大ㄉㄚˋ喔ㄛ！

為什麼每次爸爸心情煩躁的時候，總是無緣無故的對我發脾氣呢？

 那都是因為「煩躁蟲」在作怪啦！

煩躁蟲　體長 2mm

煩躁翅

煩躁腳　　　煩躁液

為了趕走那些傢伙，只能亂發脾氣，
看到誰就罵誰。不管對大人或小孩
都是一場災難啊……

因為只要不小心
被「煩躁蟲」刺到，
馬上就會變成
這個樣子喔！

天啊！！

噗
——
呼

為什麼爸爸自己想要的東西，
就馬上買下來，人家想要的東西，
都不買給人家呢？

如果爸爸把玩具熊
抱去櫃檯結帳的話，

那個壞心眼的老闆
就會露出真面目！

爸爸被抓到之後，

就會被他改造成
玩具大人偶呢！

爸爸！

為什麼冬天時你說「好冷」，
夏天時你又說「好熱」，
就是不肯陪人家到外面玩呢？

那是因為，如果爸爸冬天跑出去的話，

北極熊會以為爸爸是自己的同伴，
連拖帶拉的把爸爸帶回北極啊！

如果爸爸夏天跑出去的話， 換成
猩猩會把爸爸當成自己的同伴，
一直想把爸爸帶回酷熱的叢林呢！

為什麼一定要看新聞呢？
人家明明就比較想看卡通啊！

 那是因為， 昨天在車站前面
有電視台在拍外景，

爸爸想看一下
是不是有上鏡頭！

為ㄨㄟˋ什ㄕㄣˊ麼ㄇㄜ˙你ㄋㄧˇ每ㄇㄟˇ一ㄧ次ㄘˋ都ㄉㄡ說ㄕㄨㄛ「我ㄨㄛˇ正ㄓㄥ在ㄗㄞˋ忙ㄇㄤˊ」、
「等ㄉㄥˇ一ㄧ下ㄒㄧㄚˋ」之ㄓ類ㄌㄟˋ的ㄉㄜ˙話ㄏㄨㄚˋ呢ㄋㄜ˙？

其ㄑㄧˊ實ㄕˊ，那ㄋㄚˋ種ㄓㄨㄥˇ時ㄕˊ候ㄏㄡˋ
通ㄊㄨㄥ常ㄔㄤˊ都ㄉㄡ是ㄕˋ爸ㄅㄚˋ爸ㄅㄚˋ很ㄏㄣˇ想ㄒㄧㄤˇ放ㄈㄤˋ屁ㄆㄧˋ，
卻ㄑㄩㄝˋ忍ㄖㄣˇ著ㄓㄜ˙不ㄅㄨˋ敢ㄍㄢˇ放ㄈㄤˋ
的ㄉㄜ˙時ㄕˊ候ㄏㄡˋ啦ㄌㄚ！

要ㄧㄠˋ是ㄕˋ亂ㄌㄨㄢˋ動ㄉㄨㄥˋ的ㄉㄜ˙話ㄏㄨㄚˋ……

就會造成無法收拾的悲劇啊！

那，為什麼說「因為我是大人」，就可以吃兩根香腸呢？

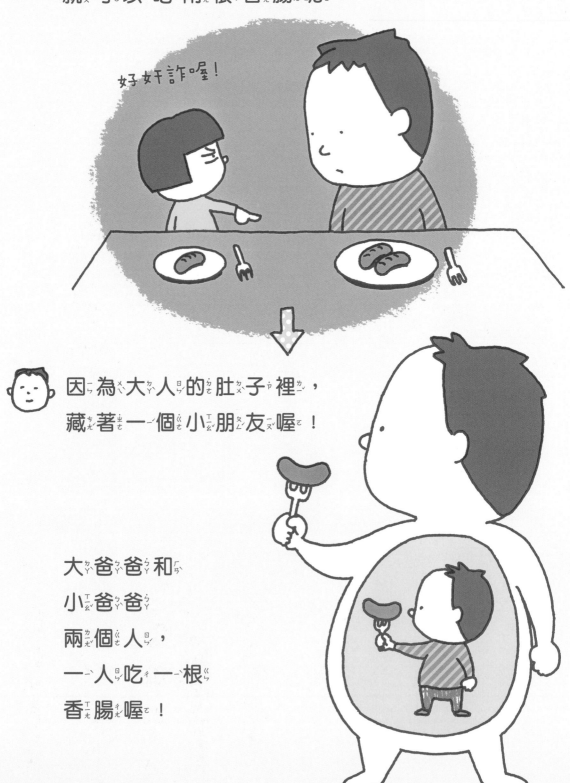

因為大人的肚子裡，藏著一個小朋友喔！

大爸爸和
小爸爸
兩個人，
一人吃一根
香腸喔！

為什麼每一次玩手指比力氣
都是爸爸贏呢？

好奸詐喔！

 那是因為有一條祕密遊戲規則——
規定「大人萬一輸給了小朋友，
就要回到小時候，再當一次小朋友」！
所以爸爸也很拼耶！

嗯ㄣ……

這ㄓㄜˋ樣ㄧㄤˋ喔ㄛ……
當ㄉㄤ大ㄉㄚˋ人ㄖㄣˊ，
也ㄧㄝˇ很ㄏㄣˇ辛ㄒㄧㄣ苦ㄎㄨˇ啊ㄚ！

不ㄅㄨˊ過ㄍㄨㄛˋ，
爸ㄅㄚ爸ㄅㄚ以ㄧˇ前ㄑㄧㄢˊ
也ㄧㄝˇ當ㄉㄤ過ㄍㄨㄛˋ
小ㄒㄧㄠˇ朋ㄆㄥˊ友ㄧㄡˇ，
所ㄙㄨㄛˇ以ㄧˇ很ㄏㄣˇ
了ㄌㄧㄠˇ解ㄐㄧㄝˇ啦ㄌㄚ！

大ㄉㄚˋ人ㄖㄣˊ啊ㄚ，真ㄓㄣ的ㄉㄜ˙很ㄏㄣˇ好ㄏㄠˇ詐ㄓㄚˋ！
小ㄒㄧㄠˇ朋ㄆㄥˊ友ㄧㄡˇ呢ㄋㄜ˙，真ㄓㄣ的ㄉㄜ˙不ㄅㄨˋ好ㄏㄠˇ受ㄕㄡˋ！

大ㄉㄚˋ人ㄖㄣˊ為ㄨㄟˋ什ㄕㄣˊ麼ㄇㄜ˙變ㄅㄧㄢˋ得ㄉㄜ˙
那ㄋㄚˋ麼ㄇㄜ˙好ㄏㄠˇ詐ㄓㄚˋ呢ㄋㄜ˙……

爸爸會努力，
試著盡量不要
變得那麼奸詐！

嗯！

只不過，

小朋友呢，
有時候
也很奸詐呢！

咦？

放假的時候， 一大早就起床，
又吵又鬧， 就是要把爸爸吵醒。

為什麼一到要上學的日子，
叫了好幾次， 都還是不起床呢？

只要是要上學的那天早上，
我的夢裡，就會出現
一位老神仙。

我每一次都會拜託老神仙，
請求祂幫我實現同一個願望，
所以才會起不來啦！

說到那個願望呢……

就ㄐㄧㄡˋ是ㄕˋ──
「希ㄒㄧ望ㄨㄤˋ我ㄨㄛˇ最ㄗㄨㄟˋ愛ㄞˋ的ㄉㄜ˙爸ㄅㄚˋ爸ㄅㄚˋ，
永ㄩㄥˇ遠ㄩㄢˇ健ㄐㄧㄢˋ康ㄎㄤ，常ㄔㄤˊ保ㄅㄠˇ青ㄑㄧㄥ春ㄔㄨㄣ，
頭ㄊㄡˊ髮ㄈㄚˇ多ㄉㄨㄛ多ㄉㄨㄛ！」

作者介紹

吉竹伸介（ヨシタケシンスケ）

1973 年出生於神奈川縣。筑波大學大學院藝術研究科總合造型學科畢業。常以不經意的日常小事片段為題，用獨特角度切入，作品涵蓋素描集、童書插畫、裝幀畫、插圖散文等各種領域。曾以《我有理由》（親子天下）獲得第 8 屆 MOE 繪本屋大獎第一名，《這是蘋果嗎？也許是喔》（三采）獲得第 6 屆 MOE 繪本屋大獎第一名、第 61 屆產經兒童出版文化獎美術獎等獎項。出版的書籍有《爺爺的天堂筆記本》、《做一個機器人，假裝是我》（三采）、《而且沒有蓋子》（PARCO 出版）、《沒有結局的終曲》、《好窄喔 撲通撲通》（講談社）、《即席計畫》（U-Time 出版社）。育有二子。

繪本 0191

我有意見

作・繪者｜吉竹伸介（ヨシタケシンスケ）
譯者｜張桂娥
責任編輯｜余佩雯　美術設計｜蕭雅慧　行銷企劃｜王予農、林思妤

天下雜誌群創辦人｜殷允芃
董事長兼執行長｜何琦瑜
兒童產品事業群
副總經理｜林彥傑
總編輯｜林欣靜
主編｜陳毓書
版權專員｜何晨瑋、黃微真

出版者｜親子天下股份有限公司
地址｜台北市 104 建國北路一段 96 號 4 樓
電話｜（02）2509-2800　傳真｜（02）2509-2462　網址｜www.parenting.com.tw
讀者服務專線｜（02）2662-0332　週一～週五：09:00~17:30
讀者服務傳真｜（02）2662-6048
客服信箱｜bill@cw.com.tw
法律顧問｜台英國際商務法律事務所・羅明通律師
製版印刷｜中原造像股份有限公司
總經銷｜大和圖書有限公司　電話｜（02）8990-2588
出版日期｜2016 年 12 月第一版第一次印行
2022 年 5 月第一版第十八次印行
定價｜300 元　書號｜BKKP0191P
ISBN｜978-986-93918-0-1（精裝）

訂購服務
親子天下 Shopping｜shopping.parenting.com.tw
海外・大量訂購｜parenting@cw.com.tw
書香花園｜台北市建國北路二段 6 巷 11 號　電話（02）2506-1635
劃撥帳號｜50331356 親子天下股份有限公司

立即購買 >